رواية

مدرسة

إعداد الزوجات

فلسفة الزواج

د. جُمان الريحاني

إهداء ..

إهداء إلى كل من ترغب في إعداد نفسها لتصبح زوجة مناسبة

وإلى كل من تريد أن تعد ابنتها أو أختها لكي تصبح زوجة مناسبة

وإهداء إلى كل رجل يبحث عن زوجة مناسبة

جمان الريحاني

قرار بعد خبرة الحياة

قررت السيدة إيف جونس ريكاردو التي جاءتها فكرة في أن تفتح مدرسة لإعداد الزوجات.

المدرسة تعد الزوجة المناسبة، لكي تصبح زوجة مناسبة لأي رجل.

المدرسة من أجل إعداد الفتيات للزواج.

وتستغرق مدة التعليم حوالي السنتين، وتتخرج الفتاة وتصبح لديها شهادة لكي تتزوج بها، وتقدمها إلى

زوجها أو من ستقدم لخطبتها، وأيضا يمكن أن تضعها في سيرتها الذاتية، لكي تثبت أنها زوجة جيّدة ومناسبة لأي رجل.

لقد راودتها هذه الفكرة الخلاقة، وهي في عمر التسعين، وقد عاشت تجارب كثيرة ومختلفة في حياتها، فقد كسبت خبرة كبيرة في العلاقات، والحياة الزوجية.

نشأت السيدة إيف تنشئة جيدة، وكانت تعي منذ سنوات عمرها الأولى أن أفضل مهنة للمرأة هي أن تصبح زوجة جيدة.

وقد أصبح هذا حلما في سنوات شبابها الأولى أن تحققه وأن تصبح زوجة جيدة.

وهكذا وافقت السيدة إيف على أول خاطب يتقدم لطلب يدها.

لم تكن تعلم أنه يجب أن تتوفر أية مواصفات في الرجل المناسب لها.

بل كانت صغيرة.. وكانت تعتقد بأنه بوجود امرأة واعية ورجل رزين سوف تبنى أسرة.

تزوجت السيدة إيف، وهي لم تتعدى السابعة عشر من عمرها، وقد كانت تعيش في مدينة صغيرة.

وفي تلك المدينة، وفي تلك الأيام، تعوّد الناس على تزويج بناتهم في سن متقدمة، لأنه لم يكن هناك تعليم للفتيات في المدن الصغرى، ولا عمل.

وعندما تزوجت اكتشفت بعد مرور سنة من الزواج، بأنه ليس كل الرجال سواء.

وليس كل زواج هو مؤسسة ناجحة، فقررت أن تنفصل عن زوجها، ولكن عائلتها وعادات المدينة منعتها من ذلك، فبقيت معه رغم أنها لم تكن تحبه.

بقيت معه حتى بلغت العشرين سنة، ولم تنجب،

عرفت بأنها أساءت اختيار الزوج، بل كان هو من اختارها، وليست هي من اختارته، ولم تصبح لديها عقدة بشان الزواج، بل كانت منفتحة وواعية لكل ما يدور.

تزوجت بعد ذلك للمرة الثانية، ولكنها حاولت أن تكون حريصة على أن تحظى بزوج جيّد.

كان الزوج الثاني جيّدا من كل الجوانب، ولكن وبعد مرور سنة من الزواج اكتشفت أمرا.

لقد كان أمرا خطيرا، وقد أدى بزواجها إلى الهاوية فانفصلت عنه.

الأمر الذي أدى بالزواج إلى النهاية هو أن الزوج لم يكن كما هو ظاهر عليه، لقد كان مخادعا، وقد خانها مع امرأة أخرى.

اكتشفت هنا السيدة إيف بأنه ليس كل الرجال أوفياء، وليس كل الرجال هم أزواج صالحون.

كيف لها أن تعرف بأنه للشخص وجهان.

لقد كان هذا هو درسها الذي أخذته من هذه التجربة، التي لم تكن سهلة أبدا.

دخلت السيدة إيف في عدة محاولات لتكوين أسرة ناجحة، ولكنها كانت في كل مرة تكتشف بأنها لا زالت هناك دروس في الحياة والزواج لم تتلقاها.

لقد لقنتها الحياة والتجارب كل تلك الدروس، ولكن بالطريقة الصعبة.

لم يكن للسيدة إيف والدة، لأن أمها قد توفيت، بينما كانت هي في سن صغيرة.

وقد تمت تربيتها على يد جديها وتوفيت جدتها أيضا بعد بضع سنوات، وبقيت مع جدها إلى أن تزوجت فتوفي في نفس السنة التي تزوجت فيها.

لم يكن لديها والدة لكي تعلمها أصول الحياة، أو تنصحها أو ترشدها أو أي شيء.

لم تجد أي شخص في حياتها يعطيها النصيحة، وقد كانت تعيش تجارب قاسية، ولا أحد يوجهها، بل كانت تعاني لوحدها.

الزواج أكثر من مرة

مرت السنوات وتزوجت، وتطلقت السيدة إيف عشرون مرة، لم توفق في ولا أيّة تجربة زواج، وقد أنجبت ولدا، ولكن ذلك لم يكن ليجعلها تعيش كل حياتها مع الزوج الذي أنجبت منه.

لقد تزوجت عشرون مرة، ولكنها لم تكن تحتسب الزواج الأول، لأنه قد حدث وهي في سن صغيرة جدا.

ورغم أنها تقدمت في السن، وأصبحت لديها تجارب وخبرة في التعامل مع الرجال، وأيضا في الحياة

الزوجية والعلاقة بين المرأة والرجل، إلا أنها قد وصلت إلى الطلاق في كل مرة تزوجت.

ربما العديد من الناس قد يعتبرونها بأنها قد فشلت، ولكن هي لم تكن تعتبر نفسها هكذا، بل كانت تعتبر نفسها كما يلي:

كانت تعتبر نفسها بأنها قد خاضت تجارب عديدة.

أنها قد كسبت خبرة.

أنها لم تكن هي الخاسرة، بل الرجال كان لكل منهم خطأ.

وقد كان عقابها على أخطائهم بالطلاق.

هناك أخطاء لا يمكن أن تغتفر مثل الخيانة.

خيانة الثقة.

الغدر.

الكذب في شتى أمور الحياة.

الاستغلال.

وكثير من الأمور الأخرى والمختلفة.

يمكن أن يحدث الطلاق أيضا لأسباب أخرى مثل:

عدم التوافق في التفكير، وعدم التأقلم مع بعض.

إن كان أحد الطرفين أنانيا أو استغلالي.

أو كان متكبرا، وله نظرة فوقية.

وأيضا:

عدم التفاهم في العلاقة الزوجية العلاقة الحميمة.

الاختلاف في التفكير في الأمور الجنسية، والاختلاف في الميولات والأمور المهمة، التي تبنى عليها العلاقة الزوجية، يجعل الأمور معقدة إن لم يكن هناك تفاهم.

وهناك العنف والتعنيف الأسري، وأيضا الجنسي

الاستعباد الجنسي

وأيضا أن لا تكون هناك مساواة بين الطرفين،

فمثلا يمكن أن يكون الرجل متسلطا، ويمكن أن يحدث العكس

ولكن إن كان الزوج متسلطا، قد يؤدي ذلك إلى أن يمحي شخصية الزوجة.

وهناك أسباب أخرى، وأخرى..

الفشل والطلاق

لطالما كانت السيدة إيف تتساءل عن فشلها، رغم أنها كانت تأخذ احتياطاتها في كل مرة، وأيضا لم تكن تكرر الخطأ الذي ارتكبته في الزواج، الذي خرجت منه في هذا الزواج الذي هي مقبلة عليه.

ولكن.. لم يكن الأمر يسير هكذا.

لقد كان كل زواج يختلف عن الآخر وكل تجربة منفردة، وكل تجربة مختلفة عن الأخرى بكل تفاصيلها

بحياتها واهتماماتها، وأيضا بتجاربها واختباراتها.

ولكنها رغم كل شيء كانت تتعلم شيئا في الأخير.

ورغم كل شيء لم تتوقف عن خوض تجارب الزواج.

لم تعتزل الزواج أو تعزف عنه، بل كانت مصرة على الزواج مرة ثانية، فقد كانت تعتقد بأنها ربما قد تنجح في هذه التجربة التي هي مقبلة عليها.

ربما تكون التجربة القادمة ناجحة، ولكن لم يحدث ما كانت تتوقعه.

لم يحدث وأن دخلت زواجا دام نجاحه من الخطوبة إلى الزواج وما بعد الزواج.

مذكرات السيدة والطلاق

كان هدفها أن تؤسس عائلة، كان هدفها أن تكون زوجة جيدة، ولكن الظروف لم تساعدها على تحقيق أهدافها.

مرت السنوات والسيدة إيف تطارد أحلامها، بلا كلل ولا ملل ولا تراجع.

وبعد أن هفت الطموح، ومرت السنوات، وتقاعدت السيدة إيف عن تلك الحياة، التي كانت تطاردها، ولم يعد لديها القدرة على فعلما كانت تفعله.

في يوم من الأيام كانت تجلس وحيدة تفكر، وتسترجع ذكرياتها وهي في سن السبعين.

كان شريط حياتها يمر أمامها بسرعة وخفة، وهي تفكر في كل ما مر معها، وفي كل ما تعلمته من تلك التجارب، ومن الحياة عموما.

خطرت ببالها فكرة، وهي أن تقوم بكتابة مذكراتها، لقد كان هدفها أن تساعد الفتيات، وأن تخبرهم بكل المعلومات التي تعرفها، من أجل أن لا تضيّعن سنوات العمر، وهن في البحث عن الزوج المناسب، أو البحث عن الأسلوب المناسب، لكي تؤسس أي فتاة حياة أسرية ناجحة.

وبعد مرور سنوات..، وهي عاكفة على كتابة تلك المذكرات، وبعد أن أنهتها قامت بنشرها.

لقد كان الكتاب ناجحا جدا، ولاقى إقبالا كبيرا.

يبدو أن الموضوع كان مهما للكثيرات، فقد كان موجها للنساء.

لقد كانت فئات كثيرة من النساء في حاجة إلى ذلك الكتاب، والنصائح الموجودة بداخله.

فكرة المدرسة

بعد مضي سنوات ونجاح مذكرات السيدة إيف الذي لا زال ظاهرا، راودتها فكرة أخرى..

حيث كانت تأتيها الكثير من الاتصالات الهاتفية، التي تطلب الاستشارة، وتقديم النصح وهكذا.

ففكرت في أن تقدم شيئا آخر إلى النساء والى المجتمع عموما، وبعد تفكير في أسلوب وطريقة تقديم تلك المساعدة، جاءتها فكرة إنشاء مدرسة.

لم تكن المدرسة، لم تكن مدرسة تقليدية، ولا تقدم أي نوع من العلوم، بل كانت مدرسة متميزة ولها فكرتها الخلاقة.

لقد قررت أن تنشئ مدرسة لإعداد الزوجات.

مدرسة لتعليم الفتيات، كيف تصبح الفتاة زوجة جيّدة، وربّة بيت ممتازة.

وبعد أن عرضت الفكرة على إحدى صديقاتها، وقد كانت محامية، قدمت لها هذه الأخيرة الكثير من الدعم والنصائح والمساعدة..

وقفت صديقتها المحامية بجانبها حتى أنشأت السيدة إيف تلك المدرسة بالفعل، وقد ساعدها آخرون..

لقد كانت لها رؤية عن شكل المدرسة، والفصول والأقسام.

كما أنها قد جهزت ما يجب تقديمه خلال الفصول، وما هي المواد التي يجب تدريسها.

وقد اختارت كل الجدول والمواد وأيضا نوع الأساتذة وتخصصاتهم.

فقد كان يجب توفر أخصائيين نفسانيين، وآخرون مهتمون بالتغذية، وأسلوب الحياة، وآخرون لتقوية الذات، وآخرون اختصاصهم الموضة والشكل الخارجي، واستشاريين، وآخرون..، وآخرون ...

لم تكن المدرسة بسيطة، ولا بالشيء الهين، بل كان لها قواعد وأسس، وكانت قائمة على أساس معين.

في البداية.. كانت الدراسة كتجربة لمدة سنتين، وبعد ذلك تم التعديل بإضافة سنة جديدة، وقد تكثف من أجل الزوج المناسب، أي مع التخصص.

وقد حددت في البداية المؤهلات لدخول مدرستها، وهو كل الفتيات والنساء اللواتي يردن إنشاء أسرة.
والمقبلات على الزواج من السن القانوني للزواج وإلا لا حد.

وبعد مرور فترة من الزمن، قررت السيدة إيف أن تضيف فصلا جديدا، وكان هذا الفصل خاص بإصلاح العلاقات.

لقد علمت بأن هناك نساء عالقات في علاقات، ولكن هن يرفضن الخروج منها، وهنا وعندما تتمسك المرأة بتلك المؤسسة التي هي تقريبا فاشلة، فإنه يجب عليها أن تصلح مؤسستها، وان تبحث عن أسباب الضعف والفشل فيها، وان تحاول النهوض بها إلى مستوى أفضل.

فخلق هذا الفصل الجديد من أجل هذا الغرض بالذات.

مدرسة السيدة إيف

لاقت مدرسة السيدة إيف نجاحا مبهرا، وإقبالا واسعا من الفتيات، وقد ذاع صيتها حتى أنه، وبعد نجاح المؤسسة الأولى، والتي أعطت نتائج مرضية وجيّدة في بعض الحالات، قد تم التوجه إليها بطلب لكي تفتح فروعا في مدن أخرى.

وبالفعل فتحت فروعا وأصبحت المدرسة تتوسع سنة بعد سنة، وقلت نسبة الطلاق، وأصبح هناك نظام في

الزواج والعلاقات، ولم تعد هناك تجارب فاشلة كما في السابق.

لقد أصبحت هناك بعض القوانين، وأيضا بعض الوعي..

أصبح بإمكان الفتاة أن تدرس الموضوع، قبل دخولها وخوضها التجربة، فيمكنها باستعمال بصيرتها أن تتوقع أن هذه الشراكة سوف تكون ناجحة أو غير ذلك..

زاد الوعي لدى الشابات والنساء عموما، ولم يعد هناك داع لخوض تجربة بالكامل، والوقوع في الكثير من الهفوات، التي تجعل تلك المؤسسة هشّة، وتنحدر بها إلى الأسفل.

لقد كان للمدرسة هدف أساسي، وهو الوعي والتعلم والعناية بالنفس، وبالآخر أيضا.

حتى أنه قد تم تقديم طلب شراكة للسيدة إيف من أجل إشراك الرجال في المؤسسة أو تقديم فصول خاصة بهم، لتوعيتهم في جوانب عدة، بخلاف تعلم الطبخ والتنظيف طبعا.

لقد كان لهم طلبهم الخاص، من أجل المشاركة في تنشئة أسرة ناجحة.

في البداية لم تستطع السيدة إيف إشراك الرجال في مؤسستها، لأن الهدف سيتغير، ولكن وبعد الكثير من المشاورات، قررت أن تساعد في بناء مؤسسات خاصة بالرجال، وأن تقدّم لهم النصائح حول المواد والفصول، ولكنها كانت لا تزال على أن تكون مؤسسة الرجال منفصلة، عن مؤسستها في إعداد الزوجات لكي لا تنشغل فتياتها بالزملاء في الصفوف، فيضيع الهدف الأول، وربما تصبح مؤسسة تعارف.

وتمّ إطلاق اسم الزوج المناسب على مؤسسة الرجال، وقد كانت الفصول جيّدة ومهمة للغاية، ولكنها تختلف عن فصول الفتيات.

كانت فكرة مؤسسة الزوج المناسب هي إعداد الشباب لكي يصبحوا مستقبلا أزواجا مناسبين من حيث تحمل المسؤولية، من الجانب العاطفي وأيضا الاستقرار المادي.

وأهم فصل لدى مؤسسة الزوج المناسب، هو الخيانة

الخيانة أثناء فترة الخطوبة.

الخيانة الزوجية.

الخيانة الأفكار.

الخيانة الهاتفية.

الخيانة في العلاقة الحميمة.

الخيانة هي خيانة سواء مع رجل آخر أو حتى مع الأهل.

في هذا الفصل.. يتم التعريف بالخيانة وأبوابها، وكيف يمكن السيطرة على النفس، أو دراسة الوضع عموما، فإن كان الوضع غير مستقر، يجب الانفصال كحل نهائي بدل اللجوء إلى الخيانة كحل مؤقت وبديل.

كما قد كان هناك اختصاصي نفساني يبحث الأمر مع الرجل، الذي يشعر بأن الخيانة تسري في عروقه.

ويساعده بجلسات نفسية على جانب الدراسة، لكي يتخلص من ذلك المرض.

وقد كان شعارها الزوج المناسب يساوي الزوج السعيد.

الزوج المناسب يؤسس أسرة سعيدة.

فصول مدرسة إعداد الزوجات

السنة الأولى

يتم تقديم دروس كثيرة، ولكنها في الغالب تتعلق بالمرأة أو الفتاة بحد ذاتها.

دروس في الأنوثة

التعرف على جسد الأنثى.

يجب أن تفهم كل فتاة بأن جسدها هو معبد ومقدس.

يجب أن تتعامل معه على أنه مقدس.

وكل مقدس يعلو عن أية أمور دنيوية، بل يجب أن تقام له الطقوس من أجل التبجيل والإجلال.

وتقصد بالطقوس طقوس الزواج، من أجل السماح لرجل بالاقتراب.

أولا:

يجب أن تفهم الفتاة جسمها وهذا الفهم يبدأ من مراحل البلوغ.

وثانيا:

عليها أن تفهم بأن للأنوثة أساليبها في عدة أمور.

أساليب الأنوثة في الكلام، بلا كلمات ولا حروف

الأنوثة في النعومة

الأنوثة في الهدوء

الأنوثة في الليونة

الأنوثة في الاحتواء والانسجام، وأيضا في التألق السريع.

الأنوثة التصرفات قبل النطق بالكلمات

أساليب الأنوثة في فن الإغراء.

الأنوثة تعني الجمال.

والجمال يعني الأنوثة.

يجب أن لا تنفصلي عن شكلك وكيانك الأنثوي ولا للحظة واحدة، لأنك إن تعودت على الانفصال عن الأنوثة قد تضيعين يوما، ولن تشعري بذلك حتى..

كيف تتعاملين مع جسدك

يجب أن تهتم كل فتاة لكي تحافظ على جسدها.

بما يلي:

النظافة للجسم والشعر.

النوم الكافي.

الطعام الكافي.

اللياقة البدنية، وممارسة بعض الرياضة.

التنفس العميق.

شرب كميّات كبيرة من الماء يوميا.

المحافظة على نعومة الجسد، وأيضا المحافظة على
كمية السوائل التي فيه..

شرب السوائل.. مهما كان نوعها مياه أو مشروبات

أهمية مفاتن المرأة والحفاظ عليها

الحفاظ على المفاتن بعدة طرق:

التنعيم والترطيب الدائم.

التهوئة والانتباه وعدم الإهمال عند وضع الفوط الصحية في فترة الحيض.

ومضاعفة الاهتمام بجسد المرأة في تلك الفترة من الشهر.

والعناية أيضا بالمزاج وتقلباته، عندما تفرز الهرمونات في فترة الحيض..

ارتداء الملابس القطنية والناعمة، وخاصة التي تلامس الجسم وملابس النوم.

الحفاظ على الجلد بارتداء الملابس القطنية، والابتعاد عن النايلون والبوليستر قدر الإمكان، وخاصة الملابس

الداخلية والتي لها التصاق أو ملامسة للجلد، وبالأهم المناطق الحساسة.

نظارة البشرة وصحتها

تختلف العناية بالبشرة على حسب نوع البشرة، ويجب أن تعرف نوعها من أجل العناية الجيدة لها.

أنواع البشرة:

الدهنية.

الجافة.

العادية.

المختلطة.

وهناك البشرة الحساسة والتي يجب أن تتعامل معها الفتاة بطرق مختلفة عن باقي أنواع البشرة.

أهم أمور هي الترطيب اليومي، وشرب الماء.

استعمال الكريمات، وخاصة الطبيعية أو منزلية الصنع

التقشير الأسبوعي أو كل أسبوعين على حسب نوع البشرة.

الاهتمام بالبشرة بعد الحمام، وقبل النوم.

العناية بها وعدم تعريضها لأشعة الشمس

تفادي أشعة الشمس القويّة، وخاصة من الساعة الحادية عشر وحتى الساعة الرابعة بعد الظهر.

استعمال واقي الشمس، والكريم المرطب.

تدليل الجسم بحمامات زيتية للراحة والاسترخاء.

وأيضا التدليك للتخلص من التوتر والترسبات التي تعيق حركة الدورة الدموية.

تدليل الجسم بالروائح، والعطورات المنعشة.

الطعام الصحي

الخضر والفواكه.

الفواكه الطازجة

الخضار والفواكه الموسمية

التنويع في الطعام وما يحتويه

تنوع الخضر وألوانها في الطبق

تنويع بين اللحم الأحمر والدجاج والسمك، ولا يجب الالتزام بنوع واحد.

تناول طعام مغذي ومتكامل.

يجب أن يحتوي النظام الغذائي على البيض والحليب واللحم، والخضر والفواكه والعصير.

العصائر الطازجة وليس التي بها مواد حافظة.

عدم تناول المعلّبات

الابتعاد عن الأكل السريع.

الابتعاد عن الطعام المليء بالدهون.

وعن الطعام المقلي.

عدم تناول الطعام ليلا.

عدم كسر التوقيت للوجبات من أجل الحفاظ على نظام الجسد.

الحفاظ على نظام الوجبات الثلاثة.

الابتعاد قدر الإمكان عن الأدوية، والمكملات الغذائية والفيتامينات، وخاصة التي بدون وصفة طبية.

عدم تعريض الجسم لريجيمات عشوائية، لا للتخلص من الوزن، ولا لاكتساب وزن.

الاهتمام بالجسم، ومتابعة متخصص في حالة ما قررت المرأة أن تمارس رياضة معينة، إذ عليها أن تمارسها تحت يد متخصص، لكي لا تفسد نظام جسمها، فقد تخسر وزنا، وقد لا تنتبه لما تقوم بحرقه دهون أو عضل، بل يجب أن تتناول بعض الوجبات الإضافية، منها التي يجب أن تسبق الرياضة، ومنها التي تليها على حسب نوع الرياضة، وعلى حسب الجسم ذاته، والأمور تختلف من شخص لشخص آخر.

دروس في النظافة

النظافة العامة

النظافة الخارجية تنعكس على الداخل، وعلى الراحة النفسية.

نظافة الجسد تشمل الحمام والتنظيف اليومي، وغسل الوجه صباحا، وغسله قبل النوم أيضا، والتخلص من مساحيق التجميل، أن أكبر ضرر على البشرة هو النوم بالمساحيق التجميلية على الوجه، فتسدّ مسامات البشرة وتصبح مع مرور الوقت ترسبات.

وتنظيف الأسنان ثلاث مرات يوميا.

وتنظيف الأذنين، وغسل الشعر.

نظافة الجسد

الحمام اليومي مفيد، وكذلك أنواع الحمام في المغطس تخلصك من التوتر، والتعب والهموم.

الاستحمام يخلصك من الجلد الميت، فتبدو بشرتك نضرة، ومشرقة وفتية.

كما أنه يجدد الحالة النفسية، ويجعل الشخص يشعر بالنشاط والحيوية.

نظافة الثياب

ارتداء ثياب نظيفة كل يوم، وتغييرها باستمرار وخاصة الثياب الداخلية.

لا يهم أن تكون الثياب جديدة، بقدر ما أنه من المهم أن تكون نظيفة وتعطيك إحساس بالانتعاش.

كما أن تغيير القصات، وأنواع الثياب وألوانها يجعلك تشعرين بالتجدد كل يوم، ويعطيك راحة نفسية وإقبـال على الحياة، وخاصة إذا كان أسلوبك يتماشى مع الجو والفصـول، كارتداء فساتين بالورود في فصل الربيع أن كنزا صوفية بألوان مفرحة في فصل الخريف أو الشتاء.

نظافة المنطقة الحميمة

التجفيف الترطيب، والتنعيم والتقشير.

أهم الأمور التي يجب أن تتعامل بها الفتاة أو المرأة مع المنطقة الحميمة.

يجب عدم الاستخفاف بأي طارئ أو الم أم رائحة أو بكتيريا أو طفيليات.

يجب الاعتناء الجيّد بتلك المنطقة وإعطائها أولوية في حياة المرأة.

دروس في التزين والتجميل

العناية بالجسد.

نعومة ومراهم، والتزين بالحناء.

تزيين الوجه.

الماكياج.

المنكير والبدكير

تزيين الشعر.

أنواع الشامبوهات ومجففات الشعر، والبلسم والزيوت

أهمية الثياب والتزين.

الشعر..

العناية بالشعر من حيث الغسل، وأيضا الصباغة وأنواعها، وحمايته من التلف والتقصف.

معالجة الشعر في حالة التضرر مثل التساقط والتلف، وكل العيوب والأمراض التي تصيب الشعر وفروة الرأس.

أنواع الشامبوهات.

أنواع البلسم.

أنواع الزيت والمراهم الخاصة بالشعر.

أنواع الصبغات.

الملابس..

ثياب اليوم

تختلف الثياب اليومية باختلاف الزمان والمكان، ومكانة المرأة كذلك، فهناك الماكثة بالبيت، وهناك العاملة، وهناك التي لوحدها، وهناك التي تستقبل زوارا في بيتها.

وتختلف الثياب اليومية باختلاف شخصية المرأة.

ولكنها الملابس الأكثر حرية وملائمة للمرأة إذ يمكنها أن تختارها بحرية مطلقة، طالما أنها لا تستعملها لاستقبال أشخاص، هنا يجب أن تتبع بروتوكول آخر

ومن باب الأنوثة يفضل الابتعاد عن الجينز، وأيضا عن الملابس القصيرة بشكل مبتذل، ولا يجب الإفراط في ارتداء السراويل.

ثياب السهرة

ثياب السهرة تتبع المناسبة ويجب أن تخضع لقواعد المكان الذي تقام فيه السهرة نفسها، وأيضا تخضع للانتباه لعادات وتقاليد أصحاب الدعوة والمناسبة، وهذا يحدد الألوان والقماش، وأيضا يحدد من طول الفساتين والقصات.

هناك فساتين لماعة وفساتين قصيرة، وفساتين منفوخة وأخرى طويلة، وكلّ لها مناسبتها والمكان المناسب لارتدائها فيه، وهناك التي لا تناسب أية مناسبة

ثياب النوم

بما انه من غير اللائق التجول بثياب النوم أمام الآخرين وأكثر من يراها هو الزوج هنا يطلق العنان لخيال الفتاة لكي تبتاع وترتدي كل أنواع الثياب المخصصة للنوم

ولكن بفضل الثياب التي تعطيك أنوثة وتزيدك جمالا

هناك الأرواب بالقمصان الطويلة والقصيرة

الملابس المصنوعة من الشيفون والقماش الشفاف هذه الملابس هي قطع شديدة الإغراء بمختلف ألوانها.

الابتعاد عن الملابس الفضفاضة والطويلة التي تشبه بيجامات الشباب.

الأحذية..

انه من الأمور التي تزيد الأنوثة والجمال للمرأة، هي الأحذية بالكعب العالي.

يجب أن لا تغفل الفتاة عن استعمال هذا النوع من الأحذية، ويجب أن لا تعتاد على الأحذية التي بلا كعب والمريحة.

الراحة لا تعطي الجمال.

الأحذية بالكعب العالي تزيد من أناقة المرأة.

كما أنه هناك أنواع فساتين لا تستطيعين ارتداءها بدون كعب عالي، وهناك مناسبات لا يناسبها إلا الكعب العالي.

دروس في أعمال البيت

العناية بالبيت.

التنظيف.

العطور.

نظافة الأثاث والغسيل.

يجب أن لا تغفل المرأة عن بيتها حتى وإن كان قصرا حتى وإن كان لديها بدل الخادم خدما وحشما، ولكن يجب أن يكون بيتك أو قصرك هو مملكتك الخاصة. وأنت من تعرفين أين يوضع كل غرض، بل وأنت صاحبة اللمسة السحرية فيه، لأنه عالمك ومملكتك الخاصة، وليس مساحة للخدم لكي يتفننون فيها كيفما يشاءون.

دروس في الطبخ والغسيل

أهمية الوجبات الثلاثة:

الإفطار.

الغداء.

العشاء.

الأطعمة المالحة.

الحلويات.

عدم الإفراط في تناول الحلويات.

عدم تناول الطعام ليلا.

المحافظة على النظام لأنه أساس الحياة.

يجب أن تكون لك الكلمة الأولى والأخيرة في اختيار الطعام الذي تتناولينه، والذي يقدم لأفراد أسرتك، لا تتركي المجال مفتوح أما الخدم - في حالة ما إذا كان لديك خدم - لتقديم الأطباق التي يختارونها، بل يجب أن تختاري أنت الطعام المناسب لكل فرد من أفراد أسرتك.

وإن كنت سيدة عاملة فلا تعتمدي الاعتماد الكلي على طعام المطاعم والأكل الجاهز، الذي لن يخاف على صحتك، ولن يبني لأطفال أجسادا صحية.

بل قد يضعك في يوم ما في مأزق، فالأمراض التي تسببها الأطعمة الجاهزة كثيرة، فهي تضر المعدة وتعبث بالنظام ككل.

تضر المعدة والكبد، وأيضا القلب.

وهي تحمل معها مشاكل للهضم.

للطعام الجاهز عيوب وأضرار كثيرة منها:

كثرة الدهون.

استعمال زيت القلي لأكثر من مرة.

عدم النظافة وعدم الاهتمام بها، فأنت تطلبين من أماكن لا تعرفين خلفيتها، ولست تتناولين الطعام في مطاعم لديها ثلاث نجوم وأكثر..

وإن كنت من الذين يهتموا بالوزن، ويجب عليك أن تكوني من تلك الفئة إن كنت تريدين أن تصبحي زوجة مناسبة، فالأكل السريع أحد مسببات الوزن الزائد.

تجعلك تشعرين بالخمول، وتصبحين إنسانة اتكالية

تضر المرأة الحامل والجنين.

كما أن إعداد وجبة لزوجك أو أفراد أسرتك، هي فرصة لإظهار الحب لهم، وأيضا الاعتناء بهم وبصحتهم عموما

وفرصة لإبراز مهاراتك التي تتقنينها في فن الطبخ،
وإعداد الوجبات، وفن التقديم..

دروس في الحلويات الصحية

والحلويات الموجهة للأطفال

الحلويات سهلة الإعداد أو السريعة نوعا ما.

وهناك دروس في حلويات أعياد الميلاد، وطرق
تزيينها، وأيضا حلويات المناسبات السعيدة والكيكات

كيكة أعياد الميلاد... الزوج، الأولاد، والبنات..

كيكة عيد الحب.

كيك عيد الزواج .... وغيرها

الإيتيكيت

بعض نصائح الإيتيكيت الخاصة في البيت، وفي غرفة تناول الطعام..

وهناك دروس في المائدة أو طاولة الطعام وتزيينها سواء في الأيام العادية أو في أيام العادية أو في المناسبات الخاصة..

السنة الثانية

يتم تقديم دروس من الخطوبة إلى الزواج في هذه السنة وهي دروس متتالية، ومرتبطة ببعضها البعض، ولا يجب على للفتاة أو السيدة أن تقوم بتفويت أية حصة نظرا إلى أن الحصص متتابعة ومرتبطة ببعضها البعض وفق التسلسل الزمني الخاص بها.

فهم الرجل والمرأة من حيث الجسد والعقل.

هناك فرق كبير بين جسد الرجل وجسد المرأة، وأيضا بين رجل ورجل، وبين امرأة وامرأة.

وهناك فرق أيضا في طريقة تفكير كل شخص، وهذه الطريقة تختلف حسب المعتقدات والتربية، والكثير من الأمور، منها المعتقدات والتراث الذي توارثه الشخص وما تمّ وضعه في طريقه، من كل الأمور اليومية، التي بنت له شخصيته، وجعلته يفكر بطريقة معينة.

التعرف على جسد الرجل

يختلف جسد الرجل عن جسد المرأة في كثير من الأمور من حيث التكوين والبنية، وأيضا الاحتياجات..

أهم الأمور بالنسبة لجسد الرجل الطعام الصحي.. الرياضة، والنوم الكافي، ورغم أنها احتياجات كل البشر إلا أن عناية الرجل بالطعام الصحي والمفيد يساعده على بناء جسد قوي وجذاب.

الرياضة تساعد الرجل على الحفاظ على لياقته البدنية وأيضا على أدائه الجنسي.

كما أن تفكير الرجل يختلف اختلافا كبيرا عن طريقة تفكير المرأة، فالرجل يعتمد على العقل في اتخاذ القرارات، بينما تعتمد المرأة على قلبها لأنها أكثر حساسية.

فمثلا تفكر الزوجة في طعام الغداء لأطفالها أو الغذاء أو الصحة، بينما يفكر الزوج في تأمين مستقبل أطفاله

مثلا يعرض الرجل الزواج على المرأة لكي يؤسس معها أسرة، ويقضي بقية حياته معها، بينما تفكر فهي فيما إذا كان يحبها فعلا.

في فن الحوار والتعامل مع الرجل

حسن الإنصات.

الكلام وقت الضرورة.

حسن الإجابة.

الاستماع والكلام يكملان بعضهما..

فهم السؤال نصف الإجابة.

عدم الإجابة يعني عدم الاهتمام، ويعني أيضا بأنه ليس لدى الفتاة شخصية.

فمثلا لا تجيبي بافعل ما تشاء..

أو كما تريد.

هذه الجمل تثبت بأنه ليس لدى المرأة شخصية أو أن شخصيتها ضعيفة، حتى في حالة إن أضافت كلمة حبيبي في آخر الجملة فإنها لن تجمل الجواب.

ولا يمكن للمرأة أن لا تجيب، فهذا يعني عدم الاهتمام بما كان يقوله الرجل، أو الشخص الآخر، أو ربما يعني بأنك كنت شاردة، ولم تستمعي، وهذا يعني أيضا بأن ما كان يقوله ليس ذا أهمية.

والرجل لن تعجبه أي من تلك الردود، حتى وأن تظاهر بأنه يعجبه انك تتركين له المجال للاختيار عن نفسه وعنك، ولكنه بكل تأكيد يفضل أن تختاري لنفسك المشروب مثلا أو نوع الطعام أو الذهاب في رحلة أو لا..

وسوف يقدر جوابك حتى وإن كان غير معقول أو لا يوافق رأيه الخاص.

وهذا الأمر.. سوف يزيد من احترام الرجل لك

دروس في الرومانسية والخطوبة

جذب الخطيب

الانفتاح لبعض التغيير

يشترط في الفتاة في فترة الخطوبة، أن تظهر كل ما هو جميل فيها، لكي تجذب الخطيب، ولا أن تجعله يفر هاربا منها.

هناك مقولة عن إظهار العيوب في فترة الخطوبة، وأنها أمر إيجابي، ولكنها في الحقيقة ليس كذلك، وخاصة أن لم تكن عيوبا بكل معنى الكلمة..

هناك أمور قد لا تعجب خطيبك، ولكن إن كانت أمور بسيطة فلما لا تسعين لإصلاح نفسك.

اعتبري بأن هذه فرصة لكي تخرجي أفضل ما فيك،
ولكي تصبحي النسخة الأفضل منك، طالما أنت لا
تلمين نفسك أو لا تقسين على نفسك.

فمثلا لا يضرك الاستغناء عن الماكياج الصارخ مثلا..

أو لا يضرك أن تصبح ملابسك أكثر أنوثة..

وأمور مثل هذه..

الهدوء

عليها أن تكون هادئة.

الهدوء لا يعني الصمت بل يعني أن تتكلمي بنبرة
صوت معينة، وأن لا يعلو صوتك أثناء الصراخ

الصراخ غضبا أو حتى الصراخ على الأطفال

يجب لا تكوني هادئة أغلب الوقت

وأيضا يجب أن يكون الهدوء، أيضا في التصرفات فلا
يجب أن تقوم بأي عمل فوضوي أو أن تصدري
الفوضى أثناء القيام بالأعمال

أعمال البيت قد يتم عملها وإصدار فوضى كبيرة
ويمكنك أن تكوني حريصة على الهدوء بدلا من ذلك

الفوضى تعني عدم الهدوء فأن تقومي بالأعمال بدون فوضى يعني أنك سيدة منظمة، ولديك طريقة تفكير منظمة ومرتبة

مثلا لا يجب أن تأخذي حماما ثم تتركي الحمام في حالة فوضى واتساخ.

الطاعة

على الفتاة أن تتعلم معنى كلمة مطيعة، ويجب أن لا تكون متشددة الآراء، فالجدال لا يأتي بأية نتائج.

الطاعة لا تعني الخضوع، ولكنها أحيانا كثيرة تعني التوافق أو احترام رأي الآخر..

فمثلا لا يمكنك الجدال لمجرد الجدال أو للفت الانتباه أو من أجل السيطرة والتحكم، ففي هذه الحالات قد تتخذين قرارات سيئة، وقد لا تكون في صالح أي أحد،

مثلا المرأة المتسلطة، والتي تحكم رأيها قد تفرض رأيا فيما يخص الأطفال مثلا، ولكنه قد يكون خاطئا، ولكنها ستصر عليه لمجرد أنه مخالف لرأي الزوج، الذي ربما قدّم اقتراحا هي رفضته وأصرت على العكس، وهذه حالات شائعة، ولكنها تأتي بنتائج سلبية لا محالة.

وهكذا يجب عليك أن تكوني مطيعة في أحيان كثيرة، وخاصة لصالح الأطفال وللصالح العام، وخاصة إن كان الزوج فعلا يفوقك ذكاء وثقافة، وهذا ليس عيبا، لأنه لا بد من مفارقات واختلافات، والاختلاف لا يفسد للود قضية.

تفادي الغضب

إنه من الأمور المهمة، تفادي الغضب، وعلى السيدة أو الفتاة أن تتحكم في أعصابها.

الغضب قد يفسد الكثير من الأمور.

وأهم صفة أن تكون نبرة صوتها هادئة.

يجب أن يلاحظ الخطيب بأن هذه الفتاة هي فتاة مليئة بالأنوثة وفي كل تفاصيلها، وأنها تختلف عنه الاختلاف الكلي.

يجب أن يشعر بأنه يكتمل تواجده بجانبها.

يجب أن يشعر بحالة لم يشعر بها سابقا، كلّما كنت حوله احدثي فرقا، لكي تجعليه يشعر بتميز وجودك إلى جانبه.

لا يجب أن يكون لدى الفتاة جانب آخر يراه الخطيب في حالة الغضب، حيث تتحول إلى وحش كاسر وتصبح لديها قوة عضلية، وصوت عال أو حاد.

يجب أن تكوني على طبيعتك الهادئة والجميلة كل الوقت، ولا تحتفظي بوحش في داخلك تقومين بالتربيت عليه فقط، وليس أن تتخلصي منه..

إن كانت لديك نوبات غضب، فالجئي للعلاج وتخلصي منها.

وبعض النصائح الموجه للفتيات والسيدات:

اجذبي خطيبك بالرقيّ والأنوثة، وليس بالابتذال.

اجذبيه بالبراءة.

اجذبيه بالمشاعر الدافئة.

اجذبيه بالحب والحنان.

اجذبيه بالاهتمام

لا تقعي في فخ الانحلال.

لا تكوني منحلة، بل كوني نقية دائما.

كوني بريئة كعادتك.

الاهتمام بالمناسبات التي تهم الطرفين، وخاصة المناسبات المشتركة، عيد الخطوبة عيد الزواج، ويوم الاعتراف، وأيضا أية مناسبة تجمعهما مثل مولد أول طفل لهما، أو يوم علما حدوث أول حمل.

عيد ميلاد الطرف الثاني.

إنه من المهم الاهتمام بعيد ميلاد الخطيب والزوج،
حتى وإن أظهر الرجال بأنهم لا يهتمون بهذه
المناسبات، إلا أن اهتمام المرأة بها يعني اهتمامها
بالرجل عموما، وأنها تهتم لأمره.

ولكن تلك الذكريات تحمل معها الكثير من الذكريات
السعيدة، نعم السعيدة غالبا، وخاصة في مرحلة الطفولة
التي في أغلب الأحيان تكون طفولة سعيدة، فالأطفال
يستحقون السعادة، والوالدان عموما، وحتى في
الظروف القاسية يسعون لأن يجعلوا طفولة أطفالهم
سعيدة.

الكلام المعسول

اسمعي خطيبك الكلام الجيّد.

الكلام الايجابي.

الكلام المعسول.

الكلام المعسول هو من نصيبك أنت، ولا يمكن أن يسمعه الخطيب، إلا من طرفك أنت.

يجب أن يكون الحال هكذا، وإلا فإن هناك خلل في العلاقة.

ادعمي خطيبك دائما، وكوني إلى جانبه.

أيّديه غالبا، وخاصة عندما يكون على حق.

ولكن انتبهي أن تجرفك المشاعر لتصبحي على خطأ
في إطلاق أحكامك.

الكلام المعسول مثله مثل المرهم يزيل الهموم والتعب،
ويداوي الجروح مهما كان عمقها.

الكلام المعسول هو خيوط تمتد بينكما لكي تقوي
العلاقة بينكما وتربطكما إلى الأبد.

إنها خيوط ثابتة ولا تتزحزح، خيوط رفيعة، ولكنها
قوية وتدوم إلى الأبد.

الرجل المناسب

الرجل المناسب هو الرجل المختار

الرجل المختار هو الرجل المناسب

الرجل المناسب هو الرجل الذي قدره القدر لك أنت
وليس لأي امرأة أخرى.

هو الرجل الذي يجد الطريق إليك.

هو الرجل الذي يرى أن الفتاة المناسبة له

هو الرجل الذي يقتنع بك، بكل ما فيك.

هو الرجل الذي يقرر الارتباط بك دونا عن غيرك.

هو الرجل الذي لطالما كنت تحلمين به

هو الرجل الذي تحبين أن تضعي رأسك مع رأسه على
مخدة واحدة.

هو الرجل الذي تحبين رؤية وجهه كل صباح عند الاستيقاظ.

هو الرجل الذي تشعرين بأنك مباركة لأنك سوف تصبحين رفيقة دربه وحياته.

هو القوة والحماية.

هو الحب والرومانسية.

الرجل المناسب هو الرجل الذي تختارينه من كل رجال العالم.

هو الذي يجعل قلبك ممتلئ بالحب.

هو الرجل الذي يعامل على أنك سيدة، وليس على انك خادمة.

هو الرجل الذي يعاملك على أنك حبيبة، وليس على أنك بائعة هوى.

هو الرجل الذي يجعلك تشعرين بأنك ثمينة، ولست رخيصة أو عديمة القيمة.

هو الرجل الذي يعاملك على أنك شريكته وحبيبته، ولست فقط أحد أفراد الأسرة، بل شريكته في القيادة لست أقل مكانة منه.

كل تلك التصرفات السابقة تبع عن رجل لذا إن وجدت رجلا بهذه المواصفات في فنّ التعامل، فهو رجل بكل معنى الكلمة، وهو الرجل المناسب لأية امرأة.

مرحلة الزواج

عروض الزواج

أنواع الزواج

زواج الحب

الزواج المدبّر

زواج المصلحة

الزواج غير المتكافئ

الإرغام على الزواج

الزواج بوجود فرق العمر، والفوارق الأخرى.

الفوارق الاجتماعية

الفوارق الثقافية

الفوارق الاجتماعية، والسياسية، والمادية.

الزواج في وجود الكره.

هناك الكثير من مؤسسات الزواج المبنية على أسس خاطئة، منها التي يجب إنهاؤها، ومنها التي يفضل الطرفان الاستمرار في تلك العلاقة، وبالتالي عليهما التأقلم ومحاولة الانسجام مع الطرف الآخر، وأيضا مع الظروف المحيطة.

وهناك بعض العلاقات التي هي في حاجة لبعض العمل لكي تنجح وتستمر.

علاقات يمكن إصلاحها بسهولة، وأخرى صعبة الإصلاح، وأخرى يجب الخروج منها..

الحلّ على حسب الحالة.

الموافقة على عرض الزواج المناسب بعد دراسته.

الزفاف

التجهيزات للزواج، وتجهيزات الزفات.

التجهيز نفسيا وعقليا وبدنيا.

تجهيزات الحفل والاستقبال.

أهمية شهر العسل.

أهمية الأيام الأولى من الزواج.

أهمية السنة الأولى من الزواج.

بعد الزواج

دروس في العلاقة بين الزوجين

قد يكون التفاهم هو أمر جيد ومهم في العلاقات، ولكن التفاهم في العلاقة الحميمة هو أهم أمر في الزواج.

لن تكون مبالغة إن وصفنا بأن الزواج يقوم على العلاقة الحميمة، فهي التي تعدّل من مزاج الزوجين، وهي التي تبث الحب والاستقرار في البيت الزوجي، التفاهم في غرفة النوم ينعكس على التفاهم في كل غرف البيت، الصالة والمطبخ وحتى أنه يعكس شعاع نوره إلى الحديقة.

العلاقة الحميمة

نظرا لمدى أهمية العلاقة الحميمة لذا يجب الاهتمام بها بعدة طرق.

تنظيمها وعدم الانقطاع عن ممارسة العلاقة الحميمة لفترات طويلة و إلا تسرب البرود العاطفي والجنسي إلى البيت، وقام بتخريب العلاقة الزوجية والأسرية عموما.

يجب احترام الطرف الآخر في العلاقة الحميمة، ولا يجب أن تخلط أمور الحياة اليومية والمشاكل مع العلاقة الحميمة لا بالسب ولا بالإيجاب.

أي أن لا تكون ممارسة العلاقة كمكافأة على عمل جيّد أو الحرمان منها كعقاب على أمر ما.

لا يجب أن تستعمل المرأة العلاقة للضغط على الرجل، وهناك أيضا من يستعملها لاستعباد الطرف الآخر.

وهذه العلاقات لا تنجح كما أن العلاقة في هذه الحالات لا تعطي إحساسا بالرضا، ولا الاكتفاء لكلا الطريفين، رغم أنه من الممكن اعتبار من يقوم بها هو شخص غير متزن وربما سادي.

الأخذ والعطاء

الأخذ والعطاء هما أهم أسلوبان للحوار والتعامل، وهما من أجمل الأساليب التي تستعمل في العلاقة الحميمة، فلا يحب أي من الطرفين أن يكون القائد على الدوام.

أو المبادر على الدوام

أو المتمنع على الدوام

يجب أن يشعر الطرفان بالرغبة في ممارسة العلاقة، ولا يجب أن يجبر أحدهما على الأمر.

ويجب أن يشعر الطرفان بالرضا بعد العلاقة وإلا فإن هناك خلل ما بالعلاقة، ويجب إصلاحه على الفور.

يجب أن ينفتح الشخصان على مناقشة الأمر بايجابياته وسلبياته، وأن يقول كل طرف ما يحب وما لا يفضل.

وإلا اختلت الموازين وربما لن تدوم تلك العلاقة المختلة إلى الأبد.

الإيجاب والسلب

رغم الاختلاف بين الرجل والمرأة من حيث التكوين والتفكير، ولكن يجب أن يكون هناك تكامل بينهما، فإن كان هو الإيجاب يجب أن تكوني القطب السالب، وإن كان هو غاضب، تكوني أنت هادئة، وإن كان هو سريع التفكير يجب أن تتروي أنت باتخاذ القرارات وهكذا..

إنها علاقة تكامل فأنت تكملينه وهو يكملك..

الين واليانغ.

طاقة الأنوثة وطاقة الذكورة.

يجب أن تحافظي على توازنك واتزانك

يجب أن لا تفقدي تركيزك عليك أنت

أنت الأنثى.

أنت الحنان

أنت الطيبة

أنت الليونة

أنت ..

لا تلعبي دور الرجل أبدا

لا تتحمل مسؤولية ليست مسؤولياتك

لا تقومي بأعمال ليست من اختصاصاك

لا تلعبي دور الرجل

أنت لست الرجل

لست المعيل

لست الزوج

لست الأب

لست رب الأسرة

أنت الزوجة

أنت الأم

لا تلعبي دورا ليس لك وليس من حقك لكي لا يختل التوازن وتفسد العلاقة.

الاضطراب في العلاقة سوف يجعلها تصبح غير مستقرة، وسوف تفقد توازنها، وسوف يفقد كل شخص طريقه وتركيزه، ولن يستطيع أن يجد طرق العودة، بل قد يوصله ذلك إلى مكان خارج العلاقة.

فإن لعبت المرأة دور الرجل سوف تحرمه من حقوقه، وسوف يشعر بحالة من حالتين:

إما أن يشعر الرجل بأنك قادرة على تحمل مسؤولية نفسك وبيتك، وهكذا أنت في غنى عنه، أي أنك تعطي

له إشارة بأنك مستغنية عن تواجده حولك فأنت لست في حاجة لتواجده بالقرب منك.

وخاصة إن قررت أن تلغي وجوده من حياتك، وقررت أن تتحملي كل المسؤوليات، وفي كل الأمور البسيطة قبل المهمة.

أو أن يشعر بأنها قد أصبحت تفوقه أو توازيه رجولة، وفي هذه الحالة سوف يستغني عنها، ويبحث عن أنثى أخرى.

أنثى حقيقية.

أنثى تجعله يشعر بأنوثتها وبرجولته فيسترجع معها حقوقه التي سلبتها منه الزوجة أو الشريكة.

دروس الحمل

الحمل في حالة وجود الحب بين الطرفين، فهو الحمل بثمار الحب التي هي نتيجة مشاعر كبيرة مشتركة بين الطرفين، وهو الدليل على نجاح العلاقة، وأيضا هو امتدادها.

الحمل ليس فقط لاستمرار النسل، بل هو أيضا لاستمرار الحب، الحب الذي شعر به الطرفان يوم أن التقيا واختار كل منهما الآخر بكامل إرادته وقوته العقلية، والعاطفية، والنفسية، وكل الحالات الجسدية، والمزاجية.

وكانت هناك دروس عن كيف يحدث الحمل والتحضير له وأسباب النجاح والفشل.

وأيضا الطرق البديلة للحمل، وكيف يحدث الإخصاب، والأدوية والعلاجات، وما إلى ذلك..

أعراض الحمل، والأمراض المصاحبة له

صعوبات الحمل.

الإجهاض والحمل من جديد

التجهيز للولادة.

التجهيز نفسيا وبدنيا، واي،ضا تجهيزات استقبال المولود.

الولادة

الولادة الطبيعية والقيصرية

الرضاعة

مراحل جديدة في حياة الأم والطفل

حبوب منع الحمل وتحديد النسل

تعقيدات الحمل بعد استعمال مختلف موانع الحمل

المخاطر والاحتمالات

دور الرجل أو الزوج في كل المراحل السابقة من البداية، وحتى ولادة المولود.

دور الأب في حياة الأم والطفل.

فصل الأمومة

الرضاعة الطبيعية

فوائد الرضاعة الطبيعية

تقوية علاقة الأم بصغيرها بواسطة الرضاعة وحليب الأم.

صحة الطفل بفضل حليب الأم والرضاعة الطبيعية

ما الذي يرضعه الطفل مع الحليب

أهمية الحالة النفسية للأم المرضعة

نظام الرضاعة، ومواقيت الطعام

أمراض التي تصيب الرضيع.

تغيير الحفاضات

فصول الرومانسية والروايات

وكانت هناك دروس في الرومانسية، وأيضا فصول في الأدب الرومانسي، وهي مثل الحلقات الأدبية من أجل القراءة والمناقشة لأهم الروايات، والأعمال الأدبية التي عالجت القصص الرومانسية.

وكان على الفتيات أن تقوم كل فتاة بقراءة الكتب، التي هي متوفرة بمكتبة المدرسة، وبنسخ كثيرة تكفي جميع طالبات الصف الواحد.

وبعد قراءة العمل المختار تقوم بكتابة ملخص عنه، وأيضا مقالة نقدية لكي تظهر آراءها وأفكارها الخاصة في الأبطال، وفي الرواية عموما.

كما قد تم تلقين الفتيات أسلوب النقد الأدبي وخاصة النقد الانطباعي، وكيفية كتابة مقال لكي يكون في أمكانهم

استعمال مختلف الأدوات في الكتابة والتعبير عن
آرائهن بكل صراحة وقوة.

وهناك فصل ايظافي لمن يريد

تعطى شهادة الماستر بعد دراسة لمدة سنة واحدة، وفي هذه السنة يتمّ تقديم دروس فيما يلي:

فصل اختيار الزوج

فصل إعداد الزوجة المناسبة للزوج المناسب وفيه ما يلي:

زوجة الطبيب

زوجة المحامي القاضي

زوجة الشرطي أو العسكري

زوجة مدير أو أستاذ أو أستاذ جامعي

زوجة الفنان

زوجة الكاتب

زوجة البطال

زوجة عامل المهن الحرة

زوجة الملياردير

زوجة السياسي

زوجة أمير أو ملك

ويتمّ اختيار فصل واحد لحضوره حسب الزوج المتوفر للفتاة، أو الذي تنوي أن توافق على الزواج به، وذلك من أجل إعدادها لتصبح زوجة مناسبة له هو بالذات، حسب طلبها ورغبتها.

لقد كانت هناك محاضرات، وأيضا فصول تطبيقية في كل المواد.

الطبخ، المظهر الخارجي، وحتى في طريقة الكلام مع الزوج أو الخطيب.

وكانت هناك الكثير من الاختبارات والامتحانات، التي تجتازها الفتيات من أجل اختبار معلوماتهم، وأيضا من أجل اختبار قدرتهم على التحمل، وسرعة البديهة والتصرف الصحيح في الموقف الصحيح.

لقد أصبحت تلك المدرسة مهمة جدا في حياة الفتيات والنساء والرجال وأيضا قد وضعت السيدة إيف بصمتها في عالم الزواج وتكوين الأسر السعيدة

Sommaire